Un solo
de clarinete

Fernando Almena

Premio El Barco de Vapor 1983

ediciones sm Joaquín Turina 39   28044 Madrid

Primera edición: mayo 1994
Vigésima edición: octubre 2002

Dirección editorial: María Jesús Gil Iglesias
Colección dirigida por Marinella Terzi
Ilustraciones y cubierta: Margarita Puncel

© Fernando Almena, 1994
© Ediciones SM
   Joaquín Turina, 39 - 28044 Madrid

Comercializa: CESMA, SA - Aguacate, 43 - 28044 Madrid

ISBN: 84-348-1309-2
Depósito legal: M-35190-2002
Preimpresión: Grafilia, SL
Impreso en España / *Printed in Spain*
Imprenta SM - Joaquín Turina, 39 - 28044 Madrid

A Fernando y Jorge,
mis hijos,
mis mejores amigos

1 *Paciano*

Ramón vivía en un edificio que antaño fue alto, pero que se había quedado enano frente a las enormes torres construidas a su alrededor. Torres gigantescas cuajadas de ventanitas, que en las grandes ciudades se alzan en busca, quizá, de escudriñar el cielo; pero que no logran siquiera acariciar las redondeces de nácar de las nubes más curiosas, más cercanas.

Ramón era el más joven de los vecinos. Tremendo fastidio, ya que en la casa no tenía amigos con quienes jugar. Sin embargo, en el colegio los tenía por decenas. Pero Ramón no se resignaba fácilmente. En seguida se buscó un amigo: Paciano, el portero de la finca, que era como un niño gordo y con reúma.

Paciano siempre se hallaba sentado dentro de su garita acristalada, siempre dispuesto al «¡buenos días!» y al «¿cómo está usted, don Cucufate?». Don Cucufate —nombre que, no sé por qué, a Ramón le recordaba la horchata de chufas— era el presidente de la comunidad, algo así como un capitán de barco de mentirijillas.

A Paciano no podía imaginárselo uno fuera de su urna, de su pecera de vidrio. Formaba parte de ella. Tal vez porque su alma fuera de cristal.

Paciano era cúbico: medía de alto lo mismo que de ancho y que de grueso. Su cabeza, redonda y molondra, parecía una vela: amarilla, lustrosa y con un solo pelo. Y su sonrisa, tan amplia como la de un piano de cola. Lástima que el reúma lo tuviera encadenado a la silla. Pero los vecinos toleraban su falta de actividad porque su bondad era del tamaño de su sonrisa.

Para curarse, tomaba jarabe de una botella verde y oscura, que escondía bajo la mesa como si se avergonzara de su enfermedad.

—Éste es el único remedio, Ramoncín —se excusaba cada vez que el niño lo sorprendía bebiendo un sorbo.

Ramón estuvo intrigado por conocer el sabor de aquel potingue hasta que, vencido por la curiosidad y aprovechando que Paciano daba una cabezada, le quitó la botella y se mojó los labios.

—¡Puaf!, sabe a rayos.

Jamás había probado los rayos, ni siquiera los higos chumbos, pero desde ese instante quedó convencido de las enormes ganas que el portero tenía de curarse.

Paciano, además de amigo de Ramón, era poeta. Cualquier motivo le daba pie para componer un poema: la lluvia, los árboles, los tranvías e, incluso, las coliflores.

Sólo con Ramón compartía su afición poética,

que ocultaba del mismo modo que la botella. Era el gran secreto entre ambos. Y le recitaba versos tiernos, medidos y de rima insistente, machacona. El niño lo ·escuchaba absorto, sorprendido y cautivado por los juegos de palabras.

—Oye, Paciano, dicen mis padres que como hace tanto calor van a mandarme al pueblo, con mis abuelos.

Ramón no encontraba ninguna diferencia entre aquel verano y los demás. Sin embargo, todos opinaban que era mucho más caluroso. Los vecinos lo comentaban con Paciano cuando regresaban de la calle. Aunque más que de la calle, diríase que venían de unos grandes almacenes en época de rebajas: brillantes de sudor y colorados de sofoco.

—¡El verano más caluroso del siglo! —decían.

«Para los mayores —pensaba Ramón— todo invierno es el más frío, todo año, el más seco, y cuando no, el más lluvioso. Son unos exagerados o les flaquea la memoria».

Pero en esta ocasión era cierto, podéis creerme.

—¡Qué suerte la tuya, Ramoncín, de ir al pueblo! —contestó Paciano, con unas chispitas de nostalgia saltándole en los ojos.

Porque Paciano era de pueblo. Había llegado a la ciudad, como tantos otros, en busca de un porvenir brillante. Como era el mejor jugador del equipo de fútbol de su pueblo, su máxima aspiración la había cifrado en convertirse en delantero centro de alguno de los equipos de la capital. Pero tuvo que contentarse con ser portero. «Al fin y al cabo —se consolaba—, he conseguido una portería, aunque no sea de fútbol».

Paciano añoraba el pueblo, su paz, su vida sana, las partidas de mus y, sobre todo, a su vaca «Marcela», que tuvo que vender para costearse el viaje a la ciudad tras la fortuna.

—Cuando me jubile —añadió—, volveré al pueblo. Ésa sí es vida, Ramoncín.

—Pero el pueblo de mis abuelos está lejísimos.

—Mejor, cuanto más lejos, mejor.

Ramón no comprendía bien lo que pretendía decirle el portero-poeta.

—Es un pueblo perdido en la montaña. Quizá no haya ni televisión.

—¿Y para qué se quiere en un pueblo la televisión? —preguntó Paciano, oliendo en su recuerdo la resina de los pinos, el tomillo, el romero...

—Para no aburrirse.

—En el pueblo nunca se aburre uno. Ya lo aprenderás.

A Ramón, a pesar de sus temores, le hacía mucha ilusión ir a Corralejo de la Sierra, que así se llamaba el pueblo de sus abuelos y en el que jamás había estado.

A sus abuelos, apenas los recordaba. Sólo los había visto una vez, cierta Navidad que vinieron a pasarla en su casa. A la tía Manuela y al tío

Paco no los conocía siquiera, y de éste no tenía una idea muy clara.

Los padres de Ramón decían del tío Paco que había venido a destiempo, lo mismo que de doña Pura, la vecina, cuando iba de visita o a pedir prestada-regalada una pizca de perejil.

Ramón se preguntaba qué tendría que ver su tío Paco con doña Pura Lata, viuda de Cansino, la del tercero derecha.

Pero pronto, muy pronto, tendría la oportunidad de saberlo.

2 *El tren*

Ramón había emprendido el viaje en tren, junto a su madre. Su padre no pudo acompañarlos porque tenía que practicar el pluriempleo, moderno ejercicio inventado para los padres de familia. Además, así se ahorraban un billete, que no estaba la economía familiar como para despilfarros.

Ramón se había despedido de Paciano, quien le leyó un emotivo poema, compuesto para la ocasión, en el que cantaba a las vacas, a las amapolas, a los pinos y, extrañamente, a las cacerolas; tal vez porque no hallara otra palabra que rimase con amapolas.

El tren era de largura infinita, como una gran serpiente azul y negra de patas redondas, ¿o las serpientes no tienen patas? Decían que era un rápido, pero a Ramón le parecía un lento, más que el caballo de un fotógrafo.

Su madre se hallaba enfrascada en la lectura de una revista, en la que aparecían personas muy peripuestas, que siempre sonreían y que, según los titulares, se casaban o se descasaban. A él, aquellos personajes le recordaban los de las películas del gordo y el flaco, y no llegaba a comprender cómo podía perderse el tiempo en imprimir tamañas tonterías.

En el asiento de enfrente, un señor hojeaba otra revista, que se empeñaba en ocultar detrás de un periódico. Cada vez que pasaba una hoja, ponía cara de anuncio, o sea, de incontenida satisfacción. Lo cual intrigó a Ramón. «Esa revista debe de ser más interesante que la de mi madre», pensó. Y simulando que jugaba en el pasillo, se colocó detrás del señor, sin que lo advirtiera, y echó un vistazo a la misteriosa revista. Pero se llevó una terrible decepción: sólo contenía fotografías de mujeres desnudas. Y le parecieron una estupidez el secreto y la satisfacción con que el adulto veía aquellas fotos. «Un culo sólo es un culo», se dijo.

Pero el hombre descubrió que el niño lo espiaba y, rápidamente, escondió la revista en un lujoso maletín, depositado entre sus pies. Un maletín de esos que usan las personas notables —tiesos ejecutivos—, en los que deben de guardar importantísimos documentos. Aunque Ramón pudo observar que sólo llevaba un pijama y un cepillo de dientes.

Ramón, aburrido, se entretuvo en contar los traqueteos del tren. Tran-tran... uno, tran-tran... dos... Pero cuando llegó al treinta y tres, se cansó y lo dejó.

14

Después, consiguió situarse ante la ventanilla, y descubrió que el campo se movía con mayor rapidez que el tren. Era como si permaneciesen inmóviles y fuera el paisaje quien viajara. Le sorprendió que los postes del telégrafo pasaban alocados ante su vista, probablemente acuciados por la urgencia de llevar sus noticias. Los hilos, en cambio, subían y bajaban ante él con lentitud, como si unos niños jugasen a la comba a cámara lenta. ¡Qué divertido!

—Quita de ahí, Ramón —dijo su madre—, vas a molestar a la señora.

—No molesta —contestó la dama con no demasiada sinceridad.

El niño se apartó, a pesar de que no entendía por qué iba a incordiar a aquella mujer, ocupada sólo en tejer y tejer la manga interminable de un jersey, presumiblemente para un elefante friolero.

Y de nuevo, volvió al pasillo. ¿Qué hacer? De repente, dos ojos azules se encontraron con los suyos oscuros, y vio cómo asomaba una sonrisa de marfil en la diminuta boca de una niña de pelo cobrizo, muy distinto al suyo, tan negro. La niña, de un brinco, abandonó su asiento y se le acercó.

—¿Jugamos? —propuso con naturalidad.

—¿A qué vamos a jugar en un tren? —respondió Ramón.

Pero no tardaron en descubrir que en el tren los juegos podían ser innumerables. Correr por el pasillo resultó el más divertido. Aunque a los mayores no debió de hacerles demasiada gracia. En seguida comenzaron los sabios consejos:

—Niños, estaos quietos.

—No hagáis ruido.

—Está prohibido. ¡Prohibido!

Y los alegres comentarios:

—¡Menudo alboroto!

—¡Qué delicia cuando había departamentos individuales!

—¡Herodes, que venga Herodes!

Un anciano de cabellos plateados intervino:

—No les hagáis caso, no tienen espíritu infantil. Cuánto me gustaría jugar con vosotros. ¡Ay, si yo pudiera correr por el pasillo...!

—Podemos jugar a «veo veo», que no hay que correr.

Y jugaron con el anciano-niño hasta que se quedó dormido.

—A la gente le da sueño en el tren —comentaron.

Los ronquidos de un viajero confirmaron su razonamiento. Tenía la barbilla apoyada en el voluminoso almohadón de su barriga, que se hinchaba y desinflaba como el corazón de un gigante.

La niña de los cabellos de cobre tuvo entonces la primera idea divertida. En silencio, muy en silencio (volvió la paz para los mayores), cortaron una tira estrecha y delgada de papel, de la suavidad de una pluma, mientras el viajero con-

tinuaba su grave concierto de trombón. Se aproximaron a él, y la niña, con su delicadeza de ángel travieso, le introdujo el extremo del papel en una de las fosas nasales. El hombre sacudió la cabeza y, luego, se frotó la nariz con energía, a la vez que lanzaba el estruendoso ronquido de la sirena de un barco de vapor. Los niños taparon el tintineo de plata de sus risas para que el plácido durmiente no saliera de su letargo.

El tren soplaba y resoplaba en ardua competencia con el viajero dormido, mientras los árboles asomaban curiosos sus copas por las ventanillas: ascendían por el monte.

La niña de pelo cobrizo volvió a hurgar con el papel en la nariz del roncador. Esta vez, agitó la cabeza y, con la rapidez del rayo, se atizó una sonora bofetada, cuya detonación de cohete verbenero rompió la calma reinante en el vagón. Algunos viajeros incluso se levantaron de sus asientos. El hombre orondo, muy sorprendido por el espectáculo que había organizado, se puso de pie.

—Ustedes perdonen, me estaba molestando una mosca —dijo a modo de excusa.

—¡Han sido los niños! ¡Los niños! —gritó una señorita con cara de pasa y gafas redondas.

El señor de los ronquidos, bien despierto ya, con una indulgente sonrisa, miró a Ramón y a la niña de los cabellos de cobre y recalcó:

—Ha sido una mosca.

Después, sacó un par de caramelos de fresa

y se los entregó, a la vez que, muy bajito, les decía:

—No está bien roncar en público, ¿verdad?

De todos modos, los niños fueron reprendidos y obligados a ocupar sus asientos. Ramón pronto comenzó a aburrirse. Sin sentirlo, se había hecho de noche. Ya no podía gozar siquiera del paisaje que antes se le ofrecía en la ventanilla.

No sabía qué inventar para acabar con el aburrimiento, cuando una mano pequeña y ya conocida se introdujo entre los asientos y le entregó un papel doblado.

Ramón lo desdobló con cuidado y leyó: «Cuando yo chille, grita: ¡un ratón!». Instantes después, la niña de pelo de cobre lanzó un agudo chillido, y ambos, al unísono, se pusieron a gritar:

—¡Un ratón! ¡Un ratón!

Menuda algarabía organizaron. Algunas señoras se subieron en los asientos, otras daban alaridos. La señorita con cara de pasa se encaramó a la balda de los equipajes y quedó convertida en maleta con gafas. La mayoría de los viajeros, armados de zapatos y periódicos, se ocuparon en perseguir al inexistente ratón. Todo eran gritos y carreras, mientras los niños vociferaban:

—¡Un ratón, un ratón!

Ante tal griterío, acudió el revisor. Los viajeros le organizaron un escándalo impresionante, sobre todo el señor del maletín lujoso. Como si el pobre hombre se dedicara a la cría de ratones, cuando lo único que había llegado a criar en su vida eran gusanos de seda. Al fin, pudo apaciguarlos y de nuevo reinó la calma.

Ramón, apenas sin darse cuenta, se quedó dormido y lo envolvieron los sueños. Soñó que viajaba escondido en un pequeño tren —el suyo de juguete— ocupado por ratones. En esto, uno de ellos fijó en él sus inquietos ojos y gritó: «¡Un niño!», y los ratones se pusieron a perseguirlo como maníacos. Cuando iban a darle caza, una voz muy familiar lo rescató:

—Despierta, Ramón, estamos llegando a Corralejo.

3 *Corralejo*

LAS MORTECINAS LUCES de Corralejo de la Sierra saludaban la llegada del achacoso tren, indicándole un camino de sobra aprendido a fuerza de repetirlo como una lección difícil.

Ramón y su madre tomaron su equipaje, dispuestos a bajar con rapidez. El tren paraba escasos minutos en aquella pequeña estación, insignificante en su largo recorrido. La máquina lanzó un potente pitido, anunciando, más que su llegada, su energía aún viva de caballo de hierro.

El señor orondo roncaba de nuevo, y el anciano-niño, sin roncar, proclamaba en su cara los felices sueños que lo embargaban.

Ramón deseaba despedirse de su amiga y compañera de viaje, la niña de los cabellos de cobre, pero no se atrevía. De repente sentía una timidez desacostumbrada. Al fin, se volvió hacia ella y encontró sus grandes ojos fijos en él, severos, tal vez recriminándole por su descortesía de no despedirse. Ramón agitó una mano y esbozó una casi imperceptible sonrisa, cuando el tren hacía ya trepidar los gastados muros de la destartalada estación. La niña mostró su sonrisa encalada, saltó de su asiento y estampó un sonoro beso en la ardorosa mejilla de Ramón, que sintió cómo su rostro se teñía de vergüenza, y los segundos de la chirriante frenada de las ruedas se le hicieron horas.

—Deprisa, Ramón, que apenas da tiempo a bajar.

Allí, en el andén, se hallaban la abuela, la tía Manuela y un niño de la edad de Ramón: el tío Paco, el que vino a destiempo, como la vecina del tercero derecha. Sin embargo, no estaba el abuelo.

Los saludos fueron los de costumbre. «¡Cómo has crecido! ¡Estás hecho un mozo!». La originalidad e imaginación de los adultos... No obstante, a Ramón le sonaron sinceros, y se sintió a gusto.

—¿Y el abuelo? —preguntó.

—¡Ay, tu abuelo! —refunfuñó la abuela—, en la «oficina». Dijo que le sobraría tiempo para venir. Va a oírme.

Ramón se quedó sorprendido. Sabía que su abuelo era labrador, pero ignoraba que trabajase también en una oficina. El pluriempleo había invadido los pueblos escondidos.

—¿En la oficina?

—Sí, hijo, ya me entiendes, en el bar, jugando su partida de «subastao».

Se repartieron el equipaje y echaron a andar por la calle de tierra y cantos. Ramón y el tío

Paco se miraban de reojo, examinándose con recelo.

Corría un aire fresco y fragante, muy distinto al de la ciudad. A Ramón le llegaron los aromas de monte, de pino, de establo... Los olores de Paciano, su amigo-poeta, que habría llegado a delantero centro y tendría una vaca si hubiera vivido en un pueblo como aquél.

La calle de la estación era larga y tortuosa. Sólo se asomaban a ella las tapias de los corrales dormidos, sin un cacareo, ni siquiera un débil mugido.

Al doblar la esquina vieron una figura, pintada de la oscuridad de las calles, que avanzaba presurosa hacia ellos.

—Ahí tienes al tardón.

—Pero, ¡rediez! —se excusó el abuelo desde lejos—, este tren llega cada vez más pronto.

Ramón sintió el abrazo recio y el olor a tierra, a lejanía, de su abuelo.

—Muy contento vienes —le dijo la abuela con retintín—, se ve que has ganado.

—Yo siempre gano.

—Pues no sé quién pierde, porque todos tus amigos dicen lo mismo a sus mujeres.

Las gruesas paredes de la casona antigua de sus abuelos trajeron a la mente del niño imágenes de castillos y de caballos y caballeros. ¡Caballos!

—Sólo tenemos una vaca —puntualizó la tía Manuela.

—¿Se llama «Marcela»?

—No, le llamamos «la rubia» porque tiene una mancha amarilla en el testuz.

—¿Y podré torearla?

Todos rieron de su pregunta, y Ramón se quedó un poco mosca, casi mosquito.

Durante la cena no dejaba de mirar a su tío Paco. Lo tenía desconcertado. Por fin, expuso su preocupación.

—¿Por qué el tío Paco es de mi edad y no adulto, como deben ser los tíos?

—Porque nació cuando éramos mayores —explicó la abuela—, cuando ya no esperábamos tener más hijos.

—Vamos —apoyó el abuelo—, que vino a destiempo.

Ramón se quedó pensativo, y sólo comentó:

—Ya, como doña Pura.

Pero, de una vez, había comprendido.

Cuando se metió en la cama, la mente se le llenó de ilusiones, proyectos y sueños.

Y soñó que, vestido de luces, toreaba a «la rubia» y que, entre ovaciones, daba la vuelta al ruedo, deslumbrando a la gente llana y buena de aquel pueblo perdido en la montaña, a dos pasos del cielo.

4 *Primeros encuentros*

LA PRIMERA VISITA de Ramón fue al corralón que ocupaba la parte trasera de la casa de
sus abuelos. Hizo de guía el tío Paco, ahora amigo inseparable, roto el hielo de los primeros mo-
mentos.

Las gallinas fueron para Ramón un espectáculo insólito. Sólo las conocía a través de los libros
de naturaleza. Al principio le infundieron cierto
respeto, cuando lo rodearon y picotearon sus zapatos en busca de una nueva ración de pienso, o
quién sabe si era su particular manera de darle
la bienvenida. Pero luego, le parecieron un poco
atolondradas. Y entonces se creció, y se puso a
perseguirlas, acosándolas con una vieja escoba,
excitado por el creciente alboroto de sus caca-
reos.

—¡Uuu...! —gritaba enloquecido.

Y por ello no se dio cuenta de que la mayor y
más arrogante de las aves se le encaraba, abier-
tas las alas y encrespadas las plumas del cuello,

erguida la vela roja de su cresta y amenazador el dardo de su pico.

—¡Cuidado con el gallo! —gritó Paco.

Pero su aviso llegó tarde. El gallo blanco e inmaculado, de un salto imparable, ya había alcanzado la cabeza de Ramón, que se quedó atónito, mientras sentía los dolorosos aguijonazos del pico incansable. Al fin, echó a correr desesperado, intentando librarse del acoso terrible; pero el gallo resultó ser de familia de equilibristas. Y seguía picando y picando, convertido en blanco sombrero del niño que no sabía de gallinas y, menos aún, de gallos.

Paco logró quitarle de encima el animal, y le advirtió:

—¡Huy si te ve mi madre espantando las gallinas...! Si las asustas, dejan de poner huevos.

—¡Qué tendrá que ver!

—Lo dice mi madre y seguro que es verdad. Ella sabe mucho de gallinas. Es capaz de decirte el número de huevos que recogerá cada día.

—¿Y cómo puede saberlo? Ya sé, las mira por rayos X.

—No —contestó el tío Paco con una sonrisa—, les mete un dedo en el culo.

—¡Jo, qué cochinada!

—A ver si crees que se chupa el dedo. Luego, se lava las manos.

—¡Ah!, bueno.

La siguiente visita fue para «la rubia». La hallaron rumiando en el establo, con el hocico hun-

dido en la alfalfa fresca del pesebre. Al verlos, levantó su cabeza robusta de niña grande y los miró con sus ojos tiernos y maternales.

—Las vacas son unas madres magníficas —filosofó Paco—, dan leche todos los días.

—¿Y por qué si no tienen terneros? —preguntó Ramón.

—Debe de ser por si acaso.

—Pues sí que son prevenidas...

El tío Paco se acercó al animal y le acarició el cuello.

—Ven, acércate, no temas.

Pero Ramón no estaba para aventuras después de la del gallo.

—No, déjalo, otro día.

Y para que no le creyera un miedoso, añadió:

—Pienso torearla.

—Pero si «la rubia» no embiste...

—¿Le has puesto un trapo rojo delante?

—No...

—Entonces, ¿cómo sabes que no embiste?

Como el tío Paco, por edad, no cumplía los requisitos de tío, Ramón había decidido que le llamaría Paco a secas.

—Paco, quiero que me enseñes el pueblo.

Y Paco lo paseó por las calles con el mismo orgullo que si mostrara un balón nuevo.

—Es mi sobrino —decía, echando hacia atrás el cuerpo y sacando barriga como solía hacer el secretario del ayuntamiento cuando hablaba de leyes.

Más tarde, quiso que conociera a sus amigos.

—Este es Saturnino «el torcido», porque es bizco. Y éste, Jacinto, pero le llamamos «cohete» porque está tan gordo que cualquier día explotará.

También conoció a Ramiro, el del estanco, y a Silverio, y a Mauricio, que tenía una bicicleta y no la prestaba a nadie.

—Para celebrar tu venida, tenemos que organizar algo especial —dijo Saturnino, que era muy hospitalario.

—¡Una comilona! —apuntó en seguida Jacinto.

Y Ramiro:

—¡Hala!, tú siempre pensando en lo mismo.

—No irás a decirme que no es una buena idea. Acordaos de lo bien que lo pasamos la última vez en el río.

—Es cierto —confirmó Paco.

—Yo me apunto —dijo Mauricio, encaramado en su bici.

Silverio lo miró de arriba abajo.

—Tú no vienes. Eres un roñoso que no nos dejas la bici.

—Chaval, porque mi padre no quiere.

—Mentira, tu padre no se mete en eso. Él sí presta lo suyo a los demás.

Jacinto hinchó sus mofletes con una sonrisa y añadió:

—Claro, dinero, porque es el director del banco. Pero cómo lo presta...

—¡Vete a la porra! —respondió Mauricio muy enfadado.

Y se fue calle abajo, pedaleando con furia.

—Ya lo habéis mosqueado.

—Es un tiñoso.

—Bueno, pero dejadlo en paz. Si quiere acompañarnos, que lo haga —dijo Paco.

«El torcido» y «cohete», que eran buenas personas, se encogieron de hombros, y Silverio también.

El reloj de la torre dio las doce con su campanada ronca y cascada.

—Vámonos, Ramón, que es la una y tenemos que acompañar a tu madre a la estación.

Ramón miró a su tío con cara de perplejidad.

—Y si es la una, ¿por qué el reloj repite doce veces la campanada?

—Es que, como en verano hay que adelantar los relojes una hora, a Remigio, el campanero, siempre se le olvida hacerlo.

Bajaron por la calle solitaria, sin una sombra siquiera porque el sol pegaba entonces de plano. Las piedras de las casas, convertidas en hornos, despedían el calor almacenado. Antes de que doblaran la esquina, Jacinto les gritó:

—¡Queda en pie la comilona!

Paco levantó la mano en señal de acuerdo y comentó:

—Este «cohete» explotará cualquier día.

5   *El granero*

UNA DE LAS COSAS que más impresionaron a Ramón en casa de sus abuelos fue el gran montón de trigo almacenado en el granero. Una montaña de pepitas de oro, de nieve dorada sobre la que se podía esquiar sin enfriarse.

¡Qué divertido subir y bajar por el montón, hundido hasta las rodillas!

Paco le dijo que estaba desparramando el grano y que se la iba a cargar, pero Ramón no hizo caso. Para él no había un goce como aquél. Se acordaba de cuando en la ciudad pasaba ante una obra y se subía en los montones de arena. Entonces, salía el guarda con un garrote y lo amenazaba, que es lo único que hacen los guardas de obra, porque suelen ser unos viejecitos inofensivos. Casi todos con una perra tan vieja como ellos, que les da más compañía que protección.

Al rato, poco quedaba del perfecto montón: el trigo salía ya por la puerta del granero. Paco también se había animado.

En esto, apareció el abuelo, que torció el gesto

y puso cara de pocos amigos, o mejor, de ningún amigo.

—¿Qué habéis hecho? —gritó más que preguntó.

—Ha sido Ramón.

Ramón llamó chivato a su tío con la mirada.

—No tenéis cabeza. Con el trabajo que me dio amontonarlo.

—Es tan divertido... —se justificó Ramón.

—¡Narices! —refunfuñó el abuelo—. Será divertido para ti, que no tienes que apilarlo. Para mí es muy aburrido. Pero vais a aprender. Mañana, en cuanto os levantéis, os dedicaréis a apalearlo hasta que quede como estaba.

«¡Jolín!, qué mal genio tiene mi abuelo», pensaba Ramón.

—Bueno, abuelo, no te enfades. Cuando fuiste a visitarnos, me hiciste pasar toda una tarde subiendo y bajando por las escaleras mecánicas de unos grandes almacenes.

—Porque eso sí era divertido.

—Pero yo me aburrí y, sin embargo, no protesté.

El abuelo se rascó la cabeza y dijo:

—¡Rediez con el niño!

Y se dio media vuelta, sin más.

A la mañana siguiente, nada más tomar el desayuno, los niños se encaminaron hacia el granero, dispuestos a cumplir la tarea encomendada.

—¡Vaya paliza que nos espera! —comentó Paco.

—¡Qué faena! Hoy que pensábamos ir al pinar...

Pero cuando entraron en el granero, se quedaron maravillados: el trigo se encontraba perfectamente apilado.

Tras ellos apareció el abuelo.

—Vaya, veo que ya habéis hecho el trabajo.

—Bueno, yo... —quiso decir Paco, sin decir nada.

—El caso es que... —balbuceó Ramón.

Antes de que pudiera terminar la frase, su abuelo lo llevó en volandas y, muy serio, le dijo:

—Si vuelves a desparramarlo, ¿sabes qué haré contigo?

Ramón lo miró con cierto temor. Entonces, el abuelo, por toda respuesta, lo lanzó sobre el montón de trigo, a la vez que soltaba una carcajada.

—Esto haré.

Ramón y Paco rompieron a reír. El abuelo tomó también a su hijo y, de igual modo, lo arrojó al montón y, después, empezó a tirarles puñados de grano. Los niños no hicieron menos, y aquello se convirtió en una batalla floral, aunque de granitos de oro.

Qué alboroto no armarían, que la abuela los oyó desde el interior de la casa, y acudió presurosa, pensando Dios sabe qué: si los marcianos habrían invadido el pueblo o si a su marido le habría tocado el premio gordo de Navidad, a pesar de que era verano.

Cuando vio el espectáculo, se puso en jarras —todo carácter, todo apariencia, todo bondad— y preguntó:

—Pero bueno, ¿cuántos niños tenemos en esta casa? Yo creía que sólo eran dos.

El abuelo no tuvo otra excusa que decir:

—Mujer, es que se me han caído las llaves en el trigo y las estamos buscando.

—Muy bien, pues cuando las encontréis, volvéis a dejarlo como estaba.

Y se marchó muy digna.

Entre los tres pasaron el resto de la mañana amontonando el grano. El abuelo comentó:

—Está visto que no hay dos sin tres.

—¿Qué quieres decir? —preguntaron los niños a dúo.

—Que es la tercera vez que lo apilo.

—Pero, ¡y lo que nos hemos divertido! —exclamó Ramón.

—Más que en las escaleras mecánicas —contestó el abuelo—, más que en las escaleras.

Y para celebrarlo, los llevó de paseo al pinar.

6 *La comilona*

LOS SIETE AMIGOS se habían reunido en las cuatro calles, que no sé por qué aquel lugar se llamaba así, cuando sólo era el cruce de las dos principales.

Mauricio había dejado la bici en casa para evitar compromisos. Jacinto, «cohete», a primera vista daba la impresión de que estaba tan nervioso que se comía el sombrero, pero lo que mordía era un enorme bocadillo, casi un cojín relleno de anchoas. Charlaban animados, cuando Saturnino propuso:

—¿Por qué no hacemos mañana la comilona?

No hubo demasiado que discutir, en seguida estuvieron de acuerdo. Saldrían a las doce.

—Iremos al pinar de Mauricio —afirmó, más que sugirió, Ramiro—, así podremos bañarnos en el río.

Para todos resultó una idea estupenda. Mauricio, en cambio, no parecía muy feliz, pero tuvo la prudencia de callar.

—¿Qué llevaremos cada uno?

—Yo me encargo de la bebida —dijo Silverio.

—Y yo, de la fruta —ofreció Saturnino.

—Lo mío son los dulces —continuó Jacinto.

—Pero lleva ración doble, «cohete» —bromeó Ramiro—, que tú comes tanto como nosotros seis juntos. Yo, la tortilla de patatas. ¿Y tú, Mauricio?

Mauricio fue tardío en su respuesta.

—Yo..., ya pongo el pinar y el río.

Casi se lo tragan, y no porque el hablar de comida les hubiera abierto el apetito.

—El río no es tuyo, es de todos. Y a los pinares puede ir quien quiera. ¡Colabora o no irás!

—Bueno, no os pongáis así, llevaré el pan.

—Pero tierno, ¿eh?, que la última vez llevaste el sobrante del día anterior. Y cinco barras, al menos.

Paco intervino:

—Ramón y yo pondremos el chorizo.

—Nada de chorizo, ¡siempre chorizo! Tenéis que colaborar con algo mejor... ¡Ya está!: una gallina —exigió Jacinto—. Podemos hacer una hoguera y asarla. Como en las películas, la atravesaremos con un palo y le daremos vueltas en el fuego.

—Eso, eso —apoyaron los demás.

Paco no veía el asunto tan claro:

—Sí, como que mi madre nos va a dar una gallina... Estáis listos.

—Que se la pida tu «sobri»; como es el nieto, seguro que no se la niega.

—Que no, si conoceré a mi madre. Lo que sea, menos una gallina.

A pesar de la resistencia de Paco, los niños no cedían.

—Pues se la quitáis —respondió Silverio—; con tantas, ni se enterará.

Marcharon hacia sus casas, rebosantes de ilusión por la aventura que les aguardaba. Menos Paco y Ramón, claro. Menuda papeleta se les presentaba.

—¿Qué vamos hacer? Si mi madre se da cuenta de que le hemos quitado una gallina, nos pela al cero.

—Me parece que no está bien...

Guardaron silencio un buen trecho del camino.

—Oye, Paco, ¿crees que se daría cuenta?

—No sé, entre tantas... Si no, se enfadarán con nosotros. ¡Qué lío!

Pero con sus dudas habían claudicado.

—Lo haremos de noche, cuando las gallinas duerman, para que no alboroten.

—Bueno... ¡Ojo!, pero habremos sido los dos, que conste. A ver si me echas la culpa como con el trigo.

—Te lo prometo.

Después de cenar, tío y sobrino dijeron que iban a dar un paseo. Había llegado el momento. En silencio, se deslizaron al corral. Era una noche negra en la que la luna jugaba al escondite.

—Vamos a meterla en este saco calado para que no se asfixie.

—Tómala tú que tienes más experiencia. Además, el gallo me tiene manía.

A oscuras, se introdujeron en el gallinero. Iban a tientas, procurando no tropezar. Ramón susurró:

—Mira que si hay ratas...

—¿Y qué si las hay?

—Me dan un asco terrible. Podrían contagiarnos la peste.

—Estás «cagao» de miedo.

—No, no es miedo —respondió Ramón, que apenas se atrevía a apoyar los pies en el suelo.

Paco tanteó como pudo entre los palos donde dormían las gallinas, muy cerca unas de otras, a pesar del calor.

—¡Ya la tengo! Trae el saco.

Pero Ramón estaba a cinco metros y no daba un paso. De modo que su tío tuvo que acercarse a él y ensacar el animal.

—Se nota que eres de ciudad.

Escondieron el saco en un cuartucho lleno de cachivaches, donde nadie solía entrar.

—Mañana la llevaremos. Dentro del saco no alborotará.

CAMINO DEL RÍO, iban felices. Cantaban canciones disparatadas, fruto de su imaginación sin fronteras, y hacían chistes de cualquier cosa. Paco era el único que permanecía serio, meditabundo. Lo agobiaba el peso de la responsabilidad: la responsabilidad con plumas que llevaba a cuestas.

El pinar parecía no tener límites. La redondez de las copas de los árboles aparentaba ser fruto del delicado trabajo del mejor de los jardineros. El suelo de arena blanca y fina ablandaba el camino y, cuando no, la seroja alfombraba su paso. Los pinos exhalaban frescor. Y aromas nuevos para Ramón.

—Primero, nos daremos un chapuzón.

—Tú, que eres el festejado, inaugura el baño.

Ramón sabía nadar, pero jamás se había bañado en un río. Para él constituía una proeza.

Con cuidado, avanzó desde la orilla de plateadas arenas, esperando hundirse en las profundas aguas de un momento a otro. Se le notaba el miedo. Sus amigos lo miraban sorprendidos por su extraña prudencia. Se movía pasito a pasito, hasta que descubrió que el agua no le llegaba más arriba de las rodillas.

«¡Qué cobarde he sido!», se reprochó.

Los demás, en cambio, se metieron en el agua sin recelo.

—¡El río ha subido de nivel: «cohete» está dentro! —gritó alguno.

Y las risas y chapoteos callaron el cascabeleo del agua al acariciar los guijarros.

—¿Comemos?

—Eso no se pregunta —respondió Jacinto.

Reunieron las provisiones y prendieron una fogata.

—A ver, la gallina.

Paco sacó el ave, y ambos se lanzaron una significativa mirada: ella, de asombro, y él, de tristeza.

Era una gallina muy especial, de esas que tienen el cuello pelado, sin una sola pluma. La única que de ese tipo había en el gallinero.

«Vaya —pensó Paco—, ya es mala pata, he ido a tomar la del cuello pelado».

—Está gordita, nos vamos a poner morados.

—Bueno, veamos quién la mata.

Las miradas de los niños saltaron de unos a otros.

—Yo, desde luego, no. Soy incapaz —dijo Silverio.

—Ni yo.

—Que lo haga Mauricio.

—Estáis listos.

—Pues Paco, para eso es suya.

—Razón de más para no hacerlo.

Lo echaron a suerte, como cuando jugaban a justicias y ladrones. Le tocó a Jacinto.

—Me niego.

—Te ha tocado.

—¿Y qué? ¿No veis cómo me mira? Sus ojos tristes me lo impiden.

Difícil se ponía el asunto. Lo que había sido una idea aplaudida estaba convirtiéndose en el mayor atolladero. ¿Quién lo haría?

—¿Por qué no empezamos por la tortilla de patatas?

Con el hambre que tenían, la excusa no pudo resultar más atractiva. Acabaron con todo, incluso con el postre. Tumbados panza arriba a la sombra de los chopos, que se alzaban a la orilla del río como guardianes de sus limpias aguas, no se acordaban siquiera de la gallina, hasta que «cohete» dijo:

—Puesto que me tocó en suerte, mataría la gallina, pero ya se me ha quitado el apetito. Quien quiera, que lo haga.

—Pues si tú, el más comilón, no tienes gana de comer, imagina la que tenemos nosotros.

La gallina del cuello pelado había salvado el pellejo, o mejor dicho, las plumas. Ahora se hallaba feliz picoteando los restos de comida, como un amigo más de la pandilla.

—Podemos adoptarla como mascota.

A todos les pareció muy acertada la propuesta.

—Se llamará «la inmortal».

Y quedó aprobado por unanimidad.

Cuando Paco y Ramón entraron en casa por el portalón trasero, la abuela salió a su encuentro. Parecía un soldado de guardia.

—¿Qué traéis en el saco?

—Nada, cosas nuestras.

—Me importa un rábano. Lo que quiero saber

es qué ha sido de la gallina del cuello pelado, que falta del corral.

«Pues sí que fue mala pata», pensó Paco de nuevo; y abrió el saco.

—Aquí está —y por decir algo, agregó—: la hemos llevado con nosotros para darle una vuelta, para que tomara el aire.

—Está tan pachucha y escuchimizada... Ha perdido las plumas del cuello —continuó Ramón—. Hay que ser caritativo con los animales.

—Lo que hay es mucha cara. En adelante, antes de sacar de paseo a las gallinas, deberéis pedirme permiso.

La abuela soltó la gallina, que escapó como alma que lleva el diablo. Quién sabe si por la querencia del gallinero o celebrando el haberse librado del «gallicidio».

—Para que os sirva de escarmiento, mañana, que hay cine, no os daré ni un céntimo.

—Nos ha fastidiado —dijo Ramón, cuando su abuela se hubo marchado.

—¿Crees que habrá adivinado lo que pensábamos hacer con la gallina?

—No sé, pero mira que llevar precisamente la gallina del cuello pelado...

7 *La película*

RAMÓN Y PACO, entre los dos, sólo tenían en los bolsillos diez canicas, una piedra irisada, tres chapas de cerveza, una algarroba y las manos, que no sacaban de ellos, posiblemente en señal de abatimiento.

—Todos los amigos van al cine, y nosotros sin un «chavo». ¡Qué rollo!

—La culpa es de la gallina del cuello pelado. Ya no la quiero de mascota.

—Además, seguro que es la más vieja del corral y ni siquiera pone huevos.

Tío y sobrino estaban al borde del mareo, de tantas vueltas como habían dado a la plaza, lamentándose y cavilando sobre la manera de entrar en el cine.

—¿Y si pidiéramos un préstamo al padre de Mauricio? Es el director del banco —apuntó Paco, como solución de emergencia.

—Para que te presten, has de tener dinero. Se lo he oído decir a mi madre.

—Pues si tuviéramos dinero, no sé para qué íbamos a pedirlo. Nos iríamos al cine sin más.

En Corralejo de la Sierra sólo proyectaban una película por semana, y con cuatro o cinco años de retraso desde su estreno. Pero a los vecinos les daba igual: no tenían punto de referencia.

Como local cinematográfico habían habilitado una vieja nave, con sillas de madera bastante incómodas. Sin embargo, tenía sus ventajas: se podía comer pipas de girasol, a condición —la única— de no escupir las cáscaras al cogote del espectador de delante. Tarea no sencilla, pero todo es cuestión de habilidad y costumbre.

—Podríamos vender las canicas.

No fue nada fácil encontrar un cliente. Pero sólo les ofreció cinco pesetas.

—Con un duro cómo vamos a ir al cine. ¿Y si te damos tres chapas y una piedra preciosa?

—Seis pesetas.

El comprador no era otro que Mauricio.

—Si queréis, os cuento mañana la película.

—¡Vete a la porra!

Mauricio los miró con cierta pena y se excusó:

—Es que no tengo más dinero... Si pudiera, os invitaría.

«Pues es mejor persona de lo que parece», pensaron.

Por el contrario, Jacinto, Silverio y los demás no quisieron saber nada del asunto.

—¡Me da una rabia —dijo Paco— cuando pienso que ellos son los responsables de nuestra situación...!

En vista de que no había ninguna posibilidad,

46

se fueron a pasear por la calle principal, de casitas bajas de piedra y adobe, y entraron en el bar de Argimiro.

«La Pataleta», que así se llamaba el bar de Argimiro, no era un bar corriente, no. Tenía las paredes forradas de espejos, de carteles de corridas de toros y de almanaques, seguramente para que los parroquianos no se olvidaran del día en que vivían. Pero los debía de traer locos, pues no se acordaba de arrancar las hojas, y mientras en uno era julio, en otros mayo e incluso, en los más, enero o febrero. También tenía mesas con tapetes de paño verde para las partidas de cartas, y de mármol blanco para las de dominó. El extremo lo ocupaba una mesa de billar. Quien mejor manejaba el taco era don Ferreol, el párroco. Cuando se remangaba la sotana y la ataba a su cintura, se convertía en el rey de la carambola. Un día llegó a trescientas de una sola tacada.

Al fondo, había otras mesas para tomar café o para dormir la siesta, que de todo podía hacerse en casa de Argimiro. Allí se predecía el tiempo, se cerraba el trato de una mula o el de los garbanzos, o se pasaba revista a las personas más notables del pueblo. ¡Ah!, y se hablaba de amor, que también acudían las parejas de enamorados a decirse sus palabras tiernas ante un vaso de vino y un refresco de zarzaparrilla.

Paco vio a su hermana Manuela sentada en un rincón, mirando embobada a Cosme, su novio, que era de un pueblo vecino.

A Paco se le encendió el circuito de las ideas luminosas, y musitó algo a Ramón, de lo cual no puede darse fe, dado el elevado ruido que atronaba el local de Argimiro.

Los niños se acercaron a la mesa y preguntaron con humildad:

—¿Podemos sentarnos?

—Claro, claro —invitó Cosme, aunque en el fondo no debía de hacerle demasiada ilusión, pues era el único día de la semana en que podía ver a Manuela.

—¿Queréis tomar alguna cosa?

—Un refresco —pidió Paco con timidez—, pero nos tendréis que invitar, no tenemos ni un céntimo.

—Ya lo sé —respondió su hermana, sonriendo—. Por lo de la gallina, ¿eh?

Ramón y Paco bebían sus refrescos a sorbitos, con más pausa que prisa.

Cosme, de vez en cuando, clavaba en ellos sus ojos cargados de impaciencia, mientras intentaba dar continuidad a su conversación con Manuela, interrumpida por los niños:

—Oye, Cosme, ¿habéis tenido buena cosecha en tu pueblo?

—Sí, sí, muy buena.

—¿Qué pueblo te gusta más, el tuyo o Corralejo?

—¿Quién es más listo, un lince o un zorro?

—¿Y más rápido, un conejo o una liebre?

Manuela y Cosme se miraban desesperados.

Los niños preguntaban corteses, por lo que no cabía enfadarse. Además, no lo hacían atropelladamente, sino con calma, entre sorbo y sorbo a sus refrescos, justo cuando los novios habían reanudado su conversación, con la oportuna precisión de cortarla.

Cosme ya no pudo más.

—¿Creéis que soy una enciclopedia? ¿Por qué no os vais al cine como todos los niños?

—No tenemos dinero —respondieron a dúo.

Cosme echó mano al bolsillo y sacó un par de billetes.

—Tomad; si no os dais prisa, no llegaréis a tiempo. Y creo que es una película divertidísima.

—Pero, Cosme —desaprobó cariñosamente Manuela—, no te molestes...

—Si no es molestia. Todos tenemos derecho a divertirnos. ¡Qué caramba!

Manuela intercambió con los niños una mirada pícara, de disimulada complicidad, y sonrió.

—¡Corre, Ramón, o nos tocará el peor sitio!

Y tras unas gracias apretadas, casi ininteligibles, cruzaron el bar entre un loco concierto de conversaciones, susurros, campanilleos de vaso y redobles de dominó.

Don Ferreol, el cura, apoyaba el taco en el borde de la mesa de billar, mientras Nazario, el-sacristán, a sus espaldas, anunciaba las carambolas con aires de letanía:

—Noventa y una... noventa y dos...

8 *La corrida*

Ramón ESTABA empeñado en torear a «la rubia», a pesar de la insistencia de Paco en que no embestía.

—Voy a demostrarlo.

Y de este modo se organizó la corrida. Repartieron entradas entre todos los niños del pueblo, al módico precio de diez pesetas: sol o sombra, a elección.

A Mauricio lograron liarlo para que actuara de picador a lomos de su bici imprestable. No resultó tarea fácil, y si accedió fue por su convencimiento de que «la rubia» era inofensiva y porque le ofrecieron el diez por ciento de la recaudación. Como pica tendría que emplear un viejo palo de escoba.

Para darle alegría a la fiesta y que nada faltase, harían sonar un disco de pasodobles que el abuelo tenía arrinconado en el desván.

Los espectadores se encontraban ya en la improvisada plaza. Unos, encaramados en el tejado del gallinero, y los más, en unos maderos de pino, apilados para quemar en la lumbre cuando llegara el frío que todos los inviernos pintaba de blanco a Corralejo de la Sierra.

El abuelo se hallaba en el bar de Argimiro jugando su partida de «subastao», y la abuela no se había dado cuenta del asunto, simplemente pensaba que se trataba de una reunión de amigos, nada más.

Paco era el encargado de sacar del establo a «la rubia». Y ya estaba dispuesto a dar suelta al morlaco, cuando repararon en que les faltaba lo primordial: el capote. Grave inconveniente, pues no se les ocurría de dónde sacarlo.

El público se impacientaba y no entendía cómo podía darse fallo tan garrafal con todo tan organizado.

Paco tuvo en seguida la idea. Se acordó del viejo chal rojo que su madre guardaba en el baúl de madera tallada y cierre mohoso: el arca de los recuerdos. Tardó menos en traerlo que en pensarlo.

Ramón tomó el chal con maestría de primera figura y se colocó ante la puerta desencajada del establo, chiquero eterno de vacas lecheras.

El disco dejó escapar las notas rayadas y crujientes del pasodoble, pero alegres por la libertad ganada tras el mudo cautiverio de años de desván. Y todos aplaudieron entusiasmados. La fiesta comenzaba.

Paco entró en el establo y soltó a «la rubia», que lo miró con la misma curiosidad y extrañeza que si se le hubiera aparecido un cocodrilo vestido de lagarterana. Y ahí surgió un nuevo impedimento: la vaca no quería salir por más que Ramón, en un alarde de valor, se acercaba a la puerta, mostrando el chal rojo.

—¡Eeeh... toro!

—¡Si es una vaca! —alguien gritó.

Paco no tuvo otro remedio que pedir ayuda al público. A fuerza de tirar de la soga atada a los cuernos del animal y de los empellones dados en el trasero, lograron que saliera al corralón.

Ramón, con gesto torero, cargado de miedo y orgullo, ordenó despejar la plaza. Luego, extendió el chal y gritó con voz emocionada:

—¡Toro!

La vaca le dirigió una mirada que, más o menos, quería decir: «¿De qué vas disfrazado, Ramoncín?».

Ta-tarará, tarará tachín..., repetía el disco, hasta que la aguja se atascó en un arañazo y continuó sólo con tachín, tachín, tachín...

«La rubia» no se arrancaba por más que Ramón le mostraba el trapo. Paco, por ayudar, le tiró del rabo, lo que no debió de agradar al animal, pues soltó un «muuu...» poco amistoso y sacudió el rabo con tal ímpetu que arrastró a Paco y lo lanzó por el aire, haciéndole aterrizar dentro del abrevadero. El respetable aplaudió con frenesí, no sabemos si la acertada faena de la vaca o el chapuzón de Paco.

Ramón, envalentonado, pasaba el improvisado

capote por las narices de «la rubia», que de esta suerte —suerte torera— tomaba el aspecto de una vaca resfriada. Pero nada, ni por ésas se arrancaba.

—¡Picador! —gritó Ramón.

Mauricio irrumpió en el coso con su bici y estuvo dando vueltas alrededor de la vaca hasta que, suelto de manos y con el palo de escoba en ristre, se dirigió hacia ella, dispuesto a cumplir su faena. Tanto empeño puso, que fue a estamparse contra su descomunal barriga, quedando colgado del lomo, mientras la bicicleta pasaba entre las patas del animal, sola en su marcha, como guiada por un ciclista etéreo, fantasmagórico.

«La rubia» se llevó tal susto que echó a correr por el corralón con Mauricio a cuestas, quien gritaba y pataleaba como un energúmeno. Ramón la seguía, gritándole:

—¡Eh, toro, toro!

Mauricio, cuando se encontró a salvo, no se detuvo hasta alcanzar la cumbrera del tejado del gallinero. Ya ni siquiera le importaba su bicicleta.

Ramón volvió a la carga y, en vista de las pocas ganas que «la rubia» tenía de embestir, se arrodilló delante de ella, en un valiente desplante, y tendió el capote. El animal miró fijamente al torero y avanzó hacia él con pesadez. Estaba muy cerca. La emoción cundió en el tendido. Ramón sintió cómo el aliento cálido del animal

le acariciaba el rostro y cómo le temblaba la mano que sostenía el capote. Entonces, «la rubia» sacó la lengua y le lamió la cara con cariño, como a un ternero recién parido. Los aplausos y las risas se fundieron en el corral, a las cinco de la tarde.

Ramón, no sabiendo cómo romper la situación, adelantó el capote y lo plantó ante la cabezota de la vaca, que miró, quizá por vez primera, el trapo rojo. Entonces, sin dudarlo, lo cogió entre sus robustos dientes y se lo comió, sin prisa, saboreándolo.

Los espectadores, después de agotar sus risas, debieron de presentir que el asunto iba a ponerse feo, porque abandonaron apresuradamente el corralón de Paco, no sin antes exigir la devolución de su dinero, que aquélla no había sido una corrida seria.

Y acertaron, pues de menudo genio se puso la abuela cuando supo que se había quedado sin el chal que heredó de su madre.

—No es sólo por el chal —dijo cuando estuvo más calmada—, lo malo es que destiña y «la rubia» empiece a dar roja la leche.

9 *La cacería*

A RAMÓN no lo dejó muy eufórico la corrida. Los niños le gastaban bromas a cuenta de ella.

—¡Adiós, matador! —le decían.

Y él arrugaba la nariz y fruncía el sobrecejo. Le molestaba que despreciaran lo que para él había supuesto un derroche de valor.

—Lo que pasa es que no sabes nada de animales. Mira que pretender torear una vaca lechera... —llegó a comentarle Jacinto, en medio del corro de amigos.

—¿Que yo no sé de animales? —respondió Ramón, picado en su amor propio—. Más que vosotros. ¿Habéis visto alguna vez un hipopótamo? ¿Veis?, no tenéis ni idea. Sólo sabéis de vacas y de gallinas.

A los chicos no les hizo demasiada gracia esa afirmación pedante de niño de ciudad. Y Ramón, crecido, continuó:

—Nosotros tenemos un zoológico donde existen todo tipo de animales. Mi padre me ha llevado infinidad de veces.

—¿Y hay de todas las especies? —preguntó Silverio, con trazas de inocencia.

—De todas —ratificó Ramón, destilando vanidad.

Se hizo un silencio, que rompió Jacinto.

—¿A que no tenéis gamusinos?

—Claro que sí —mintió Ramón, no dispuesto a ceder terreno.

—¿Tú los has visto?

—Por supuesto.

—¿De qué color son sus plumas?

Ramón dudó, pensó que errar es el menor de los vicios, o la mayor de las virtudes, tal vez por eso no quisiera dar marcha atrás.

—Depende; hay *gamusinus vulgaris,* que así se llaman científicamente, de diferentes clases: los africanos son de pluma roja, y los americanos, de pluma verde.

—Aquí todos las tienen azules y amarillas.

Paco permanecía en silencio, quería mantenerse al margen porque se daba cuenta de que su sobrino estaba pisando un terreno resbaladizo: el de la presunción, o el de la estupidez, que viene a ser lo mismo, según se mire.

—¿Os habéis convencido de que no sabéis de animales?

El calor pegajoso calentaba las cabezas de los chavales y aceleraba su imaginación.

—¡Está bien!, lo admitimos —respondió «cohete»—. Por cierto, si quieres conocer los gamusinos de aquí, esta noche pensamos ir a cazarlos. Puedes acompañarnos.

Paco quiso intervenir, pero Ramiro se le adelantó:

—Si tú no quieres ir, no lo hagas, pero déjale a él. Tal vez nos enseñe algo de animales.

Ramón estuvo impaciente hasta que llegó la noche. «Mira por dónde voy a saber qué es un gamusino», se decía.

Paco no compartía su entusiasmo; es más, apenas quería hablar del asunto.

—Mejor será que no digas nada a mis padres, no les gustará que vayamos de noche al campo.

Los amigos se reunieron a la salida del pueblo. Silverio llevaba un saco, y Saturnino, un cencerro.

—El saco debe de ser para guardarlos, pero ¿y el cencerro?

—Para que al oír el ruido crean que es una vaca y no se espanten.

—¡Ah! —exclamó Ramón, sorprendido ante la astucia de sus amigos.

El tío Paco dijo que iría de mirón, que no pensaba cazar.

—Yo llevaré el saco —pidió Mauricio.

—No, que lo lleve Ramón. Él nunca ha cazado y así aprenderá.

A Ramón le apetecía más cazar, pero optó por resignarse y obedecer.

—Bueno, si crees que te vas a aburrir, puedes, además, tocar el cencerro.

«Por lo menos será más divertido», pensó Ramón.

Luego, le explicaron que la habilidad consistía en saltar sobre los gamusinos mientras dormían, y que si les daba bien la noche, podrían llenar el saco.

Ramón se acordó de Paciano, su amigo poeta, que, el muy despistado, jamás le había hablado de los gamusinos ni de su emocionante captura.

—De día no hay quien los vea, sólo al amanecer cuando bajan a beber al río. Son listos como el hambre y vuelan tan alto que no los alcanzan ni las mejores escopetas.

Recorrieron no menos de un par de kilómetros, mal iluminados por la luna creciente. Ramón se consumía de impaciencia, le daba la impresión de que nunca llegarían.

El terreno se hizo más abrupto. De vez en cuando tropezaba en alguna piedra, aunque a él le parecía que eran las piedras las que tropezaban con él.

—Hemos llegado, aquí es donde duermen —dijo Saturnino «el torcido»—. Ahora hay que ir en silencio. Tú, Ramón, empieza a tocar el cencerro, pero con suavidad y no muy seguido, que parezcas una vaca de verdad.

Ramón no pudo evitar que «la rubia» ocupase su pensamiento. Se veía ante sí mismo gritando: «¡Eh, toro!».

Los niños, abiertos en círculo, miraban atentos

al suelo, mientras Ramón, pausada y suavemente, hacía sonar la esquila.

Paco se hallaba lejos, pues Jacinto se había empeñado en que fuera a su lado.

De repente, Silverio saltó como una rana y cayó sobre algo que Ramón no pudo distinguir. Luego, se le acercó:

—¡El primero! ¡Abre el saco!

Después fueron Saturnino y Mauricio y Jacinto...

Paco no debía de tener mucha maña, pues no había cazado ninguno.

El saco, poco a poco, iba llenándose, y cada vez se hacía más pesado. A Ramón apenas le quedaban fuerzas para tocar el cencerro. Al fin, Jacinto dijo en voz alta:

—Bueno, ya está bien por hoy. Volvamos al pueblo.

El camino de regreso se le hacía a Ramón mucho más penoso, eterno. Sudaba a chorros por la pesada carga.

—Si estás cansado, podemos turnarnos el saco —propuso Silverio.

—Bueno —respondió Ramón aliviado, cuando las luces de Corralejo parpadeaban con pícaros guiños de lejanía.

—Nunca hemos cazado tantos como esta noche. El honor debe ser sólo de Ramón.

Maldita la gracia que a Ramón le hacía el honor, pero le venció el orgullo.

—No, si no estoy cansado.

Paco, disimuladamente, tomó el saco por detrás y le aligeró en parte de la carga.

Cuando alcanzaron las primeras casas era muy tarde, no había nadie en las calles.

—Vamos a esconderlos en tu casa, Paco. Mañana los sacaremos. Ya sabéis que está prohibido cazar de noche. Diremos que los hemos tomado por la mañana, en los bebederos del manantial, que es la única forma legal de cazarlos.

Y dejaron el saco en el lugar que antes había ocupado la gallina del cuello pelado, «la inmortal», en el cuarto de los cachivaches.

Por la mañana, Ramón tomó el desayuno en un santiamén y corrió nervioso en busca del saco. Tenía ansiedad por saber cómo eran los gamusinos.

—Te espero en el corral, Paco —dijo sin esperar.

Desató el saco con celeridad y lo abrió, preso de los nervios. Pero, ¡ay, desilusión!, el saco sólo contenía piedras angulosas y oscuras, piedras de monte perdido.

Había recibido la primera lección a su arrogancia, a su vanidad de niño de capital.

Paciano le habría dicho:

—Pero, Ramoncín, si esa broma es tan antigua como el hombre...

10 *El loco*

Ramón, que no tenía ni pizca de rencoroso, pronto olvidó la broma de los gamusinos. De todos modos, sus amigos, como compensación, por generosidad o por hacerse perdonar, le habían regalado un precioso canario amarillo con una mancha en la cabeza, una boina de plumas negras y sedosas, que a veces se volvían azuladas con los juegos de luz de los atardeceres.

El canario fue bautizado con el nombre —¡cómo no!— de «gamusino». Desgranaba sus trinos incansables con el pico cerrado, hinchado el cuello, porque era un auténtico «flauta».

La abuela le había comprado una jaula dorada y brillante que, a no ser por el precio, bien podría pensarse que era de oro. Tenía forma de pagoda, de cuya cúpula colgaba un columpio, que hacía las delicias de «gamusino». Cada vez que alguien se aproximaba a la jaula, se encaramaba al columpio y saludaba con un «pi, pi, pi» alegre y hondo que, luego, convertía en concierto de notas armónicas y juguetonas, sabiamente encadenadas.

Los amigos, reunidos en torno al canario, celebraban sus cantos y gracias, cuando uno de ellos —tal vez Jacinto— comentó:

—¿Sabéis que un tipo extraño ha alquilado la «Cerca de Chamorro»?

La «Cerca de Chamorro» era una huerta próxima al pueblo que, haciendo honor a su nombre, rodeaba un muro bajo de picudas piedras de negra pizarra. En el centro se hallaba la vieja casa de una planta y el pozo de boca lobuna, sin fondo ni escasez.

—Se dice que es un loco que, vestido con túnica blanca, va por tomates al amanecer.

—Será un fantasma vegetariano —dijo Silverio con su mezcla de fantasía y realidad.

—Dicen que las barbas le arrastran y se le enredan entre las parras de las judías, y que se pinta la nariz de colorines.

El asunto no dejaba de ser una novedad. Un individuo así merecía conocerse.

—Vamos a espiarlo.

Y como sus acciones se anticipaban a sus pensamientos, allí estaban, con las narices pegadas a la tapia de la «Cerca de Chamorro», para sobresalto y espanto de las vivarachas lagartijas, que asomaban cautelosamente sus cabezas por las grietas del muro.

—No se ve nada.

—Estará dentro de la casa, pintándose la nariz o, quizá, atiborrándose de tomates.

—¿Tiramos una piedra al tejado para ver si se asoma?

—Pero qué bestia eres, Saturnino —dijo Mauricio—. ¿Quién pagará si rompemos algo?

El lado económico de la cuestión siempre lo hallaba Mauricio, en quien despuntaba ya su destino de banquero. Pero como en esta ocasión llevaba razón, nadie le discutió.

—¡Lo veo!, detrás de los cristales. Tiene un gorro como el de Napoleón.

—No, es un sombrero de picador.

—Lleva una vela en la mano.

—No es un sombrero de picador, es un capirote de nazareno.

—A lo mejor le ha dado por las procesiones.

—Es un fantasma.

Una voz suave pero segura, a sus espaldas, cortó sus suposiciones.

—¡Hola! ¿Queréis algo?

Los niños se quedaron cortados ante el hombre de larga barba y vaqueros descoloridos. Al fin, Jacinto se decidió:

—No, nada, pasábamos por aquí y nos detuvimos a echar un vistazo.

—Yo tengo un canario —se le ocurrió decir a Ramón, por decir algo.

—Y yo, un grillo —respondió el hombre de la barba.

La respuesta tranquilizó a los niños.

—¿Y para qué quieres un grillo en casa? Cantan de noche y no dejan dormir.

—Precisamente me ayuda a dormir. Me gusta oír en la cama el canto de los grillos. Descanso mejor. Es algo que en la ciudad se ha olvidado, cuando no se desconoce.

«Anda, pues es verdad», pensó Ramón, que de grillos no sabía nada más que son insectos ortópteros de color negro dorado. Y lo sabía no por experiencia, sino por haberlo copiado veinte veces un día en que, en clase de naturaleza, no supo decir qué era un grillo.

—Lo cuido con cariño y le doy tomate y lechuga en abundancia —añadió el hombre—. Cuando me marche, lo dejaré en libertad. Si queréis, os lo enseño.

—Bueno —aceptaron de buen grado, en su afán de cotillear.

Y entraron en la casa de adobes encalados.

Era una casa de campo como tantas otras. Tenía un salón y una chimenea, con la lumbre prendida y un puchero humeante.

—¿No hay nadie más en la casa? —preguntó Paco.

—Nadie, como no sean los fantasmas... —respondió con humor el barbudo.

—¿Lo veis? —dijo Silverio por bajo.

Al lado del ventanal que daba al pozo, un gran lienzo sobre un caballete recogía la luz generosa del exterior. Sobre la mesa, tubos de pintura y una paleta manchada se ordenaban en un perfecto desorden.

—¿Eres pintor?

—Pretendo serlo.

—Yo quería ser aviador, pero no puedo, por la vista —aclaró «el torcido».

—Querer es poder. Hazte conductor de autobuses.

A todos les pareció una magnífica idea.

—Os invito a un refresco de naranja —ofreció el pintor.

Y ésta les pareció aún mejor idea.

Les contó que había alquilado la casa por un mes para dedicarse a pintar, y que le gustaba la vida en el campo y comer los frutos recién cortados de la huerta.

También, que pensaba volver todos los veranos, y que para él no existía nada mejor que el arte y la naturaleza.

—Yo hago lo que me gusta —dijo—. Sobre todo, amo la libertad. Me llamo Leonardo —se presentó.

—¿Leonardo da Vinci?

—Leonardo Martínez —contestó el hombre con una carcajada—, pero firmo Leomar, suena mejor.

—Ya, ¿y tus cuadros valen más de cincuenta duros?

El hombre se acarició la barba y sonrió.

—Algo más.

Los niños abrieron los ojos como platos. «Pues sí que valen», pensaron.

El pintor apartó el puchero del fuego y, luego, se puso una bata blanca, manchada de colorines.

—Voy a pintar un poco, a ver si os aficionáis.

Y comenzó a dar pinceladas sueltas, desperdigadas pero vivas, con forma sin tenerla. Era un paisaje que se sabían de memoria, pero ahora les parecía nuevo, distinto, con más fuerza y color: Corralejo de la Sierra visto desde la ventana.

Leonardo se alejaba del cuadro después de cada pincelada. A veces, en cambio, se acercaba tanto, que se manchó la nariz de pintura. Los niños rompieron a reír.

—Es que de cerca soy corto de vista —se justificó el pintor.

A los niños no les pareció que estuviera loco; al contrario, les cayó muy bien, incluso simpático. Y además, invitaba a refrescos.

Se pasaron la mañana viéndole pintar, sin el menor aburrimiento. Tal vez por eso, decidieron que volverían a diario, mientras estuviese en el pueblo.

—Bueno, nos marchamos, que es muy tarde.

—Pero no habéis visto el grillo, que es a lo que habíais venido.

—Es verdad, ¡el grillo!

Y mientras Leonardo fue a buscarlo, se acercaron a ver la pintura de cerca. Las pinceladas no eran nada a esa distancia, sólo pegotes brillantes; pero daban vida a lo que el pintor veía con sus cansados ojos de artista, y convertían en realidad lo que quería transmitir, generosamente, a los demás.

Y como Leonardo, se mancharon las narices de pintura. Pero no se la quitaron, porque habían decidido, desde ese momento, ser tan locos como él.

11 *Las rosquillas*

LA ABUELA se hallaba en la cocina haciendo rosquillas, su gran especialidad. Tenían fama en todo el pueblo por su sabor delicioso y único, que nadie había sido capaz de igualar. La receta la guardaba celosamente: un secreto que iba transmitiéndose en familia, de generación en generación.

La masa estaba preparada, sólo faltaban las gotitas de anís, a modo de toque mágico y sublime, el remate de tan esmerada labor.

—Trae el anís —pidió al abuelo.

El abuelo también tenía su especialidad: el anís. Año tras año lo destilaba en su viejo alambique, con esmero y paciencia de santo. A sus amigos, lo que más les gustaba cuando iban a visitarlo era que les ofreciera una copita de tan exquisito licor.

El abuelo destapó la botella con mimo, casi en un rito, y llenó dos copas, una para la confitura de la abuela, y la otra para él.

Ramón y Paco lo miraban sin apenas atreverse

a hablar, como si temieran romper el encanto del ceremonial.

El olor del anís invadió la estancia con su aroma penetrante, dulce y pegajoso, que a Ramón —no sabía por qué— le resultó familiar, aunque ni siquiera se había quedado con el nombre del licor.

—Oye, abuelo, ¿me lo dejas probar? —pidió Ramón, con su avidez por conocer nuevos sabores.

—Los niños no deben tomar bebidas alcohólicas. Les quema el cerebro y se les queda como el de los asnos, torpe y sin reflejos —filosofó el abuelo.

Ramón pensó que para quemarse un cerebro no hace falta que sea el de un niño, que todos los cerebros han de ser combustibles, pero reconoció que los de los niños son más frágiles. No obstante, insistió:

—Sólo un «chupito».

—Mojarte los labios, nada más.

Y Ramón, obediente, acercó a su boca la copa y el líquido de cristal, que ambos se confundían.

—¡Puaf!, sabe a rayos. ¿También tú padeces de reúma?

—No, yo estoy sanísimo. ¿Por qué lo dices?

—Porque tomas la misma medicina que Paciano.

—Esto no es una medicina, es anís, un licor —respondió el abuelo entre risas.

Y los labios de Ramón se abrieron en una sonrisa amplia y generosa, como la de un ventanal a la luz refulgente. Había descubierto el inocente y gastado truco de su amigo Paciano, portero y poeta con añoranza de aldea.

La abuela terminó su tarea y cruzó ante ellos con una gran fuente humeante, olorosa y rebosante de rosquillas, una cadena de apetitosos eslabones por la que cualquiera se dejaría encadenar.

—No se comerán hasta mañana domingo.

A los niños se les hizo la boca agua al verlas, y el abuelo se chupeteó los labios brillantes de anís, sin decir nada, pero diciéndolo todo con la mirada encendida.

La abuela guardó la bandeja en la parte baja del aparador y cerró con llave —tres vueltas—, que guardó en la faltriquera.

Cuando los niños quedaron a solas, Paco dijo a su sobrino:

—Sé un truco.

—¿De magia?

—No, de rosquillas; verás. Vigila en la puerta.

Y Ramón montó guardia en la puerta del comedor, que daba a la cocina, en la que su abuela trajinaba entre perolas y cacharros, entre jabón oscuro y translúcido, acaramelado, fabricado por ella, y estropajos de esparto.

Paco tiró del cajón del aparador hasta sacarlo de sus guías y del mueble. Luego, introdujo el brazo en el hueco que ocupaba el cajón, y cuando lo sacó, dos hermosas rosquillas, dos pulseras de confitería, adornaban su mano. Volvió a colocar el cajón en su lugar y escaparon rápidos al corral.

—Por dos rosquillas no se va a enterar mi madre. Aún no se ha dado cuenta de que la parte baja comunica con el cajón.

Las rosquillas, rebosantes de azúcar y todavía calientes, les supieron a gloria. Se lavaron en el abrevadero para quitarse los granitos brillantes que pintaban de blanco sus bocas.

Por la noche, durante la cena, la abuela necesitó un no sé qué que guardaba en el aparador. Nadie le prestó atención hasta que oyeron sus gritos y quejas.

—¡Sinvergüenzas, truhanes, mangantes...!

—Habrá visto un ratón —dijo el abuelo con naturalidad—. Los ratones la sacan de quicio.

—Pero si apenas quedan rosquillas...

Y mostró la fuente casi vacía.

Paco y Ramón se interrogaron con la mirada y se hicieron los desentendidos.

—Si no fuera porque las tengo bajo llave, pensaría que es cosa de ratones de dos patas. No entiendo cómo pueden meterse en el aparador —refunfuñó la abuela.

Los niños, después de cenar, se sentaron bajo el emparrado que entoldaba la salida al corral.

—Te aseguro que sólo he tomado otro par de ellas —dijo Ramón.

—Di la verdad —inquirió Paco con firmeza.

74

—Bueno, tal vez fueran seis o siete. ¿Y tú?

—Más o menos.

Y como Ramón lo mirara con incredulidad, afirmó:

—Te lo prometo.

Ramón puso cara de extrañeza.

—Entonces, no lo entiendo. Parece cosa de brujas.

Paco era más realista.

—Debe de ser cierto lo de los ratones. Se cuelan por cualquier agujero.

—¡Qué asco! —dijo Ramón, melindroso—. No volveré a probarlas.

Llegó el abuelo en busca del frescor de la noche.

—Hay que traer un gato para que persiga a los ratones —propuso como la mejor de las soluciones, y les confesó que a él le gustaban más los perros—. Son más fieles, pero a veces se hace necesario un gato.

Cesó el ruido de cacharros en la cocina, y se incorporaron la abuela y la tía Manuela a la reunión.

Hablaron de mil cosas, animados por el silencio y la paz nocturna. La abuela era la única que se mostraba algo reservada, con el ceño levemente fruncido. Se veía que la había contrariado la desaparición de las rosquillas.

La tía Manuela contaba una historia muy divertida que le había ocurrido a su novio en la mili, cuando saludó marcialmente al que creyera un general y que resultó ser un músico de la banda municipal.

El abuelo se levantó.

—Vuelvo en seguida, voy al servicio.

Manuela continuó su narración, que los niños escuchaban sin pestañear, hasta que, de repente, se vio interrumpida por un alarido del abuelo.

Los niños y Manuela corrieron alarmados hacia el interior de la casa, no sin antes mirar con sorpresa a la abuela, que, en vez de asustarse, soltaba grandes carcajadas. Era como si el sobresalto la hubiera trastornado.

Cuando llegaron al comedor, encontraron al abuelo gruñendo y quejándose. En una mano sostenía el cajón por el que se accedía a las rosquillas. La otra, la agitaba tratando de quitarse un cepo que aprisionaba sus dedos. Era un cepo pequeño pero fuerte, de los que se emplean para cazar ratones.

—No, si cuando pensé que podía haber ratones de dos patas... —comentó la abuela muerta de risa.

AL DÍA SIGUIENTE, un domingo caluroso de finales de agosto, cada cual ocupó su lugar en la mesa. El abuelo estaba un poco serio, con los de-

dos índice y pulgar envueltos en esparadrapos bastante significativos. Mientras comían, la abuela miraba de reojo a su marido y sonreía. Los demás la observaban, y, poco a poco, la risa se hizo contagiosa, nerviosa y difícil de contener. Y sin poderlo evitar, prorrumpieron todos en carcajadas, incluso el abuelo.

—Nosotros también robamos rosquillas —confesaron los niños.

—Bueno, el asunto está olvidado —dijo la abuela—, aunque supongo que consideraréis de justicia que las cuatro rosquillas que han quedado sean para Manuela y para mí, que no las hemos probado.

Al abuelo y a los niños les pareció justísimo.

—No obstante —prosiguió la abuela—, os he preparado una sorpresa. Me daba pena dejaros sin postre, vamos, a dos velas.

Y sacó del aparador un hermoso pastel de bizcocho, rociado de crema y chocolate.

Los ojos de los tres golosos se iluminaron como farolillos de verbena. Y atacaron el bizcocho con voracidad. Tanta era su glotonería, que se atragantaban y tenían que ayudarse con agua para poderlo tragar. Extrañamente, dejaron la mitad.

—¿Qué os pasa, no queréis más? —preguntó la abuela—. No os conozco. Si es todo para vosotros.

—No hay quien lo trague, es correoso, acor-

chado e intragable. Jamás te había salido así
—dijo el abuelo.

—Claro —rió la abuela—, es que nunca había
hecho bizcocho con serrín.

Y los golosos se quedaron más serios que el
retrato de un guardia civil, mientras paladeaban
el sabor a madera endulzada y, sobre todo, la
lección que habían recibido.

12 *La moto*

POR AQUELLOS DÍAS, una novedad había venido a turbar la tranquilidad de la casa: el abuelo había comprado una moto para recorrer con ella las pequeñas fincas que tenía diseminadas alrededor del pueblo. No era una moto de gran cilindrada ni impresionante, no. Una moto sencilla, una bicicleta venida a más. No se precisaba siquiera carné para conducirla. ¿Para qué? No era rápida ni peligrosa. Su aparente lentitud, sin embargo, resultaba engañosa. Bastaba verla correr con el acelerador a tope.

A Ramón y a Paco se les iban los ojos y las ilusiones tras ella. El abuelo dijo que eran pequeños para montar en moto y que bajo concepto alguno se la dejaría. Cosa que no hizo muy felices a los niños.

La acariciaban como si fuera un animal querido o un imposible que se dejase tocar fugazmente.

—Pero, papá —decía Paco—, si es como conducir una bicicleta.

—No.

—Pero abuelo... —insistía Ramón.

Pesaba más el temor al accidente que los deseos de ambos.

Cierto día, el abuelo les dijo:

—Esperadme en el llano que hay junto a la pimpollada. Yo me reuniré con vosotros más tarde.

La pimpollada era una tierra plantada de pinos jóvenes que, por su lento crecimiento, sólo los niños verían convertidos en árboles robustos.

El abuelo llegó en su moto, cuando a los niños empezaba a hacérseles la espera insoportable y larga como un dolor de muelas. Se detuvo junto a ellos y, sin rodeos, les explicó:

—Mirad, éste es el arranque —y puso en marcha la motocicleta—. Éste, el acelerador. Aquí, el freno, y el cambio. De este modo se para el motor...

Los niños no entendían bien el porqué de tantas explicaciones de algo que sabían de memoria a fuerza de vérselo hacer. Pero tanto les gustaba la moto, que escucharon con los sentidos abiertos y prendidos en el asunto.

Luego, añadió:

—Bueno, voy a dar una vuelta por una tierra que tengo aquí al lado. Iré a pie. Cuidad la moto.

Y se perdió entre los pinos tiernos y apretados, aún sin entresacar. Apretados y tiernos como niños en guardería.

Paco y Ramón miraron y remiraron la moto. Se sentaron en el sillín, viajeros de sueños. Paco, decidido, pulsó el botón de arranque y el motor respondió obediente a la señal. Jugaron con el acelerador.

—Oye, ¿y si nos diéramos una vuelta?

—Nos la podemos cargar —objetó Ramón.

—Mi padre tardará en volver.

—Sólo una, ¿eh?

Y primero fue Paco quien recorrió aquel trozo de campo, liso como una mano abierta hacia el cielo entre retoños verdes.

Lo hizo muy bien, despacio, sin locuras que nada prueban salvo el grado de insensatez.

—Ahora me toca a mí.

Y probó Ramón. Luego, Paco. Y así, repitieron vuelta tras vuelta, cada vez más seguros y confiados, más veloces.

El turno le correspondía ahora a Ramón.

—La última —dijo Paco—. Mi padre puede regresar en cualquier instante.

Ramón, quizá porque era su última oportunidad, giró el mando del acelerador hasta casi el tope. Cuando iba a dar la vuelta, se dio cuenta de que le faltaba terreno, de que el llano había menguado, y, ¡zas!, fue a estrellarse contra uno de los pequeños pinos. La moto quedó tumbada, con las ruedas girando alocadas, pero intacta. Ramón, en cambio, saltó por los aires, cruzó sobre los apiñados arbolitos y fue a aterrizar sobre algo más mullido que la dura tierra: ¡su abuelo!, agazapado entre los arbustos. Ambos rodaron por el suelo. Nada ocurrió, sólo el susto. Y es posible que el más sorprendido fuera el abuelo, que no esperaba un aterrizaje forzoso sobre sus costillas. Se acordó del avión inglés que había hecho lo mismo sobre un barco mercante español. Lástima que él no pudiera reclamar un premio de salvamento.

—¿Veis cómo las motos no son para los niños? No os dije que la tocaseis.

—Tampoco que no...

—Eso es verdad —dijo el abuelo.

Y marcharon juntos hacia el pueblo. El abuelo iba a pie, por acompañarlos, con la motocicleta sujeta por el manillar como a un carnero embestidor.

De pronto, Paco reparó en algo que hasta entonces le había pasado inadvertido.

—Oye, papá, si tú no tienes ninguna tierra cerca de la pimpollada...

—Llevas razón, no sé en qué estaría pensando.

Los tres se enlazaron con una sonrisa de comprensión.

—Otro día os dejaré montar, pero con más cuidado, ¿de acuerdo?

Claro que lo estaban; tal vez por ello el ¡yupiii...! que lanzaron sonara como su mejor respuesta de aceptación.

Volvieron repetidas veces al llano y condujeron la moto cada vez con mayor destreza.

Y así iba todo, hasta que un día, durante la comida, la abuela dijo:

—Yo también quiero montar en moto.

El abuelo casi se atraganta del susto.

—¡Hasta ahí podríamos llegar!

—No olvides que he sido una gran ciclista, la mejor.

—Me niego, por esto sí que no paso —vociferó el abuelo—. ¡Una mujer, una abuela, en moto!

—Eres un machista y un retrógrado.

Lo de retrógrado debió de ser lo que molestó al abuelo, porque permaneció callado como un muerto durante el resto de la comida, lo cual venía a demostrar que no iba a cambiar su decisión.

Por aquellas fechas se celebraba la festividad del patrón de Corralejo. Con tal motivo estaban programados diversos actos para conmemorarla. Entre ellos, una carrera de motos campo a través.

Ramón dijo a su abuelo:

—¿Por qué no participas?

—¿Yo?, ni que estuviera loco.

Al niño le habría hecho mucha ilusión que su abuelo corriera.

Unos días antes de la carrera, cuando la familia estaba reunida bajo la sombrilla de hojas de parra, apareció el abuelo gritando:

—¡Mi moto, me la han robado! ¡Me han quitado la moto!

Ramón perdió la esperanza de ver correr a su abuelo. ¡Vaya contrariedad!, pues, en el fondo, confiaba en que a última hora se animaría.

Dieron cuenta a la guardia municipal, y nunca mejor dicho, porque el pueblo sólo tenía un guardia, y era mujer. Todas las pesquisas resultaron infructuosas.

Al abuelo casi se le había pasado el disgusto cuando llegó el día de la carrera, y fue con Paco y Ramón a presenciarla. Ocuparon un lugar próximo a la meta, a fin de ver el momento más interesante.

La salida estaba tan lejos que no podía divisarse. Habían acudido muchos participantes, todos con motos pequeñas, como la del abuelo.

La señal de partida la darían mediante el lanzamiento de un cohete, tarea y honor que correspondía al alcalde. Todos los conductores se hallaban dispuestos, los cascos encajados, los números en las espaldas y los motores calientes.

El alcalde prendió la mecha del cohete, pero no subió, se apagó sin más. Luego, probó con otro, y con otro..., pero nada, no servían, estaban húmedos como si alguien los hubiera regado.

—Este «Canelo»... —protestó el alcalde.

«Canelo» era su perro.

En vista de lo cual, decidió dar la salida con un silbido. Por algo era el que más fuerte chiflaba del pueblo. Como era ganadero, había aprendido llamando a las reses que se desmandaban.

Introdujo los dedos índices en la boca y sopló con tanta energía que, incluso Ramón, desde tan lejos, pudo comprobar su fama de silbador.

Las motos arrancaron como rayos, y después de varias vueltas enfilaron la recta final hacia la meta. Saltaban como langostas sobre los terrones y cantos del campo.

Del grupo que llegaba adelantado, el abuelo reparó en una de las motos y señaló:

—Mirad, es mi moto. ¡Al ladrón, al ladrón!

Pero con el ruido de los motores nadie le oía. Los niños también identificaron la moticicleta. Sin embargo, no había manera de averiguar quién era la persona que la guiaba, oculta la cara por el casco y la visera.

Cuando los corredores pasaron junto a ellos, pudieron reconocerla. Sólo a Ramón le quedaron fuerzas para gritar:

—¡Es la abuela!

—¡Ay, madre, que se la pega! —gritó compungido el abuelo en cuanto logró recuperarse de la impresión.

Por suerte no fue así. Tampoco ganó la carrera, pero consiguió entrar la tercera en la meta, que no estaba nada mal.

Como premio, le dieron una medalla de bronce y un jamón.

El abuelo pensaba enfadarse, pero cuando su mujer le entregó la medalla, se le olvidó. La mostraba orgulloso a todos los espectadores como si fuera él quien la hubiera conseguido.

Ya en casa, le dijo a su mujer:

—De modo que fuiste tú quien me robó la moto.

—Cómo iba a practicar si no...

El abuelo se rascó la cabeza, como hacía cuando no encontraba la respuesta adecuada, y sólo respondió:

—Claro, claro...

Desde ese día permitió sin objeciones que la abuela montara en moto.

—No, si para colmo seré el único que no la use.

EXISTÍA un vecino que adeudaba cierta cantidad de dinero a los abuelos de Ramón —veinticinco mil pesetas, para ser exactos— y que no había manera de que la devolviera. Todo eran excusas, y no por falta de caudal.

La abuela se presentó un día en casa del deudor moroso y le dijo:

—A pesar de que no nos pagas la deuda, voy a hacerte un favor: enseñaré a tu mujer a montar en moto.

El hombre la miró perplejo, sin saber cómo reaccionar. Su mujer, por el contrario, puso en su boca una sonrisa tan redonda como ella misma, pues grande debía de ser su ilusión.

—Empezaremos mañana —añadió la abuela.

A las pocas horas, el vecino mal pagador fue a ver a la abuela y le propuso:

—Te pago la trampa a condición de que no enseñes a mi mujer a montar en moto.

Debió de pensar que le resultaría más barato pagar la deuda que el arreglo de una pierna rota.

El abuelo, cuando lo supo, comentó:

—Pues sí que nos está reportando beneficios la moto: un jamón y cinco mil duros dados por perdidos.

Pero a él lo que de verdad le hizo más ilusión fue la medalla. La llevaba siempre colgada al cuello y no se la quitaba ni para... Bueno, ya sabéis para qué.

13 *Espías*

LA ABUELA llamó a Paco y a Ramón y les dijo que estaba preocupada por el abuelo. Había descubierto que, desde hacía algún tiempo, todos los días se marchaba solo al campo, cuando en esa época nada tenía que hacer en las tierras.

—Eso es señal de que algún problema le agobia. Ya le pasó en otra ocasión en la que las malas cosechas nos crearon una difícil situación económica.

—¿Y que hacía?

—Se iba a pasear al campo, decía que a la búsqueda de tranquilidad para pensar. Afortunadamente, las cosas se solucionaron y pronto pasó la crisis que sufría.

—Pero ahora no tiene motivos, ¿verdad? —preguntó Paco intranquilo por la noticia.

—Ninguno que yo sepa. Al contrario, parece feliz y alegre. Por eso no entiendo su comportamiento.

—¿Y qué podemos hacer?

La abuela pensó un instante y respondió:

—Tratad de acompañarlo. Así, si tiene alguna preocupación, podréis distraerlo.

A los niños les pareció una idea excelente. Y sin más, se situaron a la salida del pueblo, a la espera del abuelo.

—¿Adónde vas?

—De paseo —fue su única respuesta.

—Nos gustaría acompañarte.

El abuelo sonrió.

—No es posible, me gusta pasear en solitario. Lo entendéis, ¿verdad?

No lo comprendían del todo, pero dijeron que sí. Una respuesta poco sincera que suele darse cuando los demás nos hacen esa pregunta.

El abuelo echó a andar por la vereda, larga y tortuosa como una serpiente amarilla.

Los niños lo vieron alejarse, incapaces de reaccionar, hasta que Paco —¿o fue Ramón?— propuso:

—¿Lo seguimos?

Hacer de espías es algo que tiene una especial atracción. Y sin considerar si estaba bien o no, se lanzaron detrás del abuelo, ocultándose entre los arbustos que bordeaban las orillas del camino.

La emoción crecía cada vez que el abuelo abandonaba el camino y tomaba un atajo. Cabría pensar que intuía que lo seguían y que trataba de despistar a sus seguidores. Sin embargo, nada demostraba que así fuera, pues marchaba contento, con las manos en los bolsillos y silbando sin cesar.

Cuando se adentraron en una zona de espesa vegetación, el seguimiento se hizo más difícil, casi imposible. Y llegó un momento en que lo perdieron.

—¡Qué rabia! —dijo Paco—. No valemos para espías. Somos una calamidad.

—Debimos traer un perro policía.

—No sé de dónde lo íbamos a sacar. Leopoldina, la guardia municipal, sólo tiene un gato, y es medio lelo.

«Un gato no sería apto para esta tarea», pensó Ramón, así que prefirió olvidar su propuesta y emplear la lógica.

—Mejor será que volvamos al pueblo.

De mala gana dieron la vuelta, pero no habrían recorrido cien metros cuando empezó a brotar una música dulce y melodiosa entre los árboles. En seguida pensaron en los duendes del bosque, pero sus pensamientos no les resultaron demasiado convincentes. ¿De dónde procedía aquella música? Sintieron miedo a encontrarse con algo imprevisto. Pero como el miedo se reduce en compañía , decidieron, arropados uno por el otro, averiguar el origen del aquel extraño concierto.

No les fue difícil guiarse por la intensidad de las notas, hasta llegar frente a un revoltijo de maleza que rodeaba a un roble frondoso de la quinta de Matusalén.

La música se oía nítida y cercana. Como si la

interpretara el viento, tañendo las hojas verdes del vetusto roble. Apartaron la maleza con cuidado y se encontraron con una visión inesperada. Allí estaba el abuelo soplando un instrumento largo y derecho como la pata torneada de un mueble de estilo.

El abuelo tardó en descubrirlos, absorto en su interpretación; pero cuando lo hizo dio un brinco y ocultó el instrumento en la espalda.

—¿Qué hacéis aquí?

—Buscando níscalos —se le ocurrió decir a Ramón, que sólo sabía de níscalos lo que le había contado su abuela.

—¿Níscalos? ¿Es que no sabes que los níscalos solamente se dan en otoño, y si las lluvias son copiosas?

Paco miró con timidez a su padre, excusando la torpeza de Ramón.

—Veníamos a buscarte.

—Bueno, pues ya me habéis encontrado. Podéis daros la vuelta.

A los niños no les hizo gracia la actitud del abuelo.

—No sabíamos que tocaras ese trasto —dijo Ramón.

—¿Lo habéis oído?

—Y lo hemos visto.

El abuelo mostró el instrumento musical con el mismo respeto que si se tratara de una ofrenda.

—No es un trasto, es un clarinete —y en su respuesta había orgullo; paladeaba el nombre.

—Nos dijo la abuela que estaba preocupada por tus paseos.

—¡Ah!, es cosa de tu abuela.

Paco salió al quite, muy puesto.

—Lo de seguirte no es cosa de mamá, sino nuestra.

El abuelo miró alternativamente al hijo y al nieto.

—Esto no debe saberse. Ni ella ni nadie. Será un secreto entre los tres, ¿de acuerdo?

—Bueno, pero no sé por qué no quieres que se sepa, ni por qué has de venir tan lejos a tocar el clarinete.

El abuelo encontró embarazosa la pregunta.

—Es que apenas sé tocarlo, y me da vergüenza. A mi edad podría parecer una estupidez que quiera aprender a tocar el clarinete.

A Ramón no le convenció el razonamiento.

—No sé por qué, si lo haces fenomenal.

—¿De verdad lo crees así?

—De verdad —corroboró Paco—. Creo que eres el mejor clari... clari... clarinetista del mundo.

—¡Tonterías!, si sólo toco de oído —respondió el abuelo, halagado y con falsa modestia.

Luego confesó:

—Si mis amigos supieran que hago esto, me tomarían el pelo.

—Eso son prejuicios —dictaminó Ramón.

El abuelo lo miró, arrugada la frente.

—¡Rediez con el chico!

—Más valía que animases a tus amigos a imitarte y formaseis una orquesta, en vez de pasar las horas dándole al naipe.

El abuelo abrió los ojos, y luego la boca, a punto de explotar. Iba a soltar un taco, pero no lo hizo. Y no por reparos, sino porque la sorpresa se lo impidió.

—Continúa tocando.

—¿Os apetece escuchar mi música?

—Claro que sí —respondieron los niños entusiasmados, y se sentaron frente a él.

El abuelo tocó y tocó el clarinete hasta que se le secaron los vientos. Le emocionó el aplauso con que los niños correspondieron.

—Debemos regresar a casa, pronto anochecerá.

Guardó el clarinete en un estuche y lo escondió entre unos arbustos, dentro de un hueco abierto en la tierra, que cubrió con una gruesa piedra.

—Éste es nuestro gran secreto, no lo olvidéis.

En casa, la abuela preguntó a los niños si lo habían acompañado en su paseo.

—Sí, pero nada le ocurre.

—Entonces, ¿adónde va?

—A pasear, sólo a pasear —contestaron.

La abuela quedó conforme, y más aún cuando comprobó que, a partir de entonces, lo acompañaban al monte con asiduidad.

—El mejor músico del mundo —le decían.

—Eres genial, abuelo.

Y lo decían convencidos, asombrados de que

aquellas manos toscas de labrador viejo pudieran arrancar, con su baile ágil y delicado, notas tan bellas al clarinete.

El abuelo se hinchaba como un pavo tontorrón y presumido.

—¿De verdad lo creéis así? ¿De verdad? Pero que nadie se entere, ¿eh?

14 *El retorno*

EL VERANO avanzaba constante y calmoso, consumiendo las hojas del calendario casi sin que se notara. Sin embargo, a Ramón se le hacían cortos los días de su veraneo en Corralejo de la Sierra. Tanto, que su final llegó antes de que se diera cuenta.

Era mucho lo que había aprendido en tan escaso tiempo en la montaña y mucho lo que había olvidado.

Apenas recordaba el agobio de la ciudad, la insolidaridad de muchas personas, la falta de movimiento donde todo eran prisas, la soledad en medio de la muchedumbre... Había descubierto la calma de la aldea, la paz del campo, la amistad compartida, la libertad de moverse a su antojo, las costumbres casi rituales y la cantidad de aventuras que pueden vivirse en un pueblo. Había aprendido a distinguir, no ya un toro bravo de una vaca lechera, que parece fácil cuando no se es niño de ciudad, sino a diferenciar un pino negral de un albar, una remolacha de una lechuga, o la tolerancia de la comprensión. Y sobre todo, había aprendido a ser Ramón a secas, en vez del niño del tercero izquierda. En suma, había aprendido a valorar aquello que no se valora cuando se posee o hasta que se pierde.

Su madre llegó en el tren de la noche, en el incansable y tenaz tren en que llegara, tiempo no muy atrás, en compañía de Ramón, cuando el calor en la ciudad dominaba a sus habitantes, asfixiándolos con su abrazo de fuego.

Fueron los mismos chirridos de frenos y casi idénticas las palabras de saludo.

—Has crecido, hijo, y tienes mejor color.

Era cierto; los aires de la sierra habían curtido su piel, tiñéndola del marrón con que pintan las rocas y la tierra de monte.

Ramón fundió la alegría de ver a su madre con la realidad de su inmediata marcha, y se entristeció. Partirían al día siguiente, porque a su padre no le gustaba quedarse solo.

Ramón dijo adiós a sus amigos y a los incontables recuerdos acumulados, cálidos recuerdos de verano.

LARGA SE HIZO la espera en la estación hasta que el tren —siempre el mismo, eterno tren— mostró a lo lejos su morro enmohecido de tiempo y sudores. Habían llegado con mucha antelación, conocedores de su breve parada. Estaba toda la familia, salvo el abuelo, que a última hora había desaparecido. No era lógica su tardanza, no había partida tan temprano, ni obligación que no pudiera esperar.

El tren anunciaba su llegada con un pitido largo como la incertidumbre, cuando apareció el abuelo, sofocado por la prisa. Traía bajo el brazo un paquete alargado y muy bien envuelto en papel de estraza. La abuela gruñó algo; pero no le dio tiempo a más, el tren ya se detenía. Se intercambiaron besos y consejos, y Ramón y su madre subieron precipitadamente al vagón. El jefe de estación esperaba en el andén con su bandera roja dispuesta para dar la salida, tras las campanadas de rigor, que habían sonado limpias y cantarinas aun antes de que el tren se detuviera.

Madre e hijo se asomaron a la ventanilla, queriendo alargar el adiós. Ella dijo a su padre:

—Has olvidado darme el salchichón.

—¿Qué salchichón? —contestó el abuelo, y rió al comprender que se refería al paquete—. ¡No, no es un salchichón!

Lo desenvolvió con cuidado y misterio, y entre los papeles surgió el reluciente clarinete. La sorpresa se dibujó en los rostros de la familia.

Entonces, el abuelo comenzó a tocar con el mayor entusiasmo, volcado su espíritu como si se tratara de un concierto ante el auditorio más exigente.

Se hizo el silencio, y los pasajeros se asomaron a las ventanillas, atraídos por la magia de la música, del mismo modo que las serpientes lo son por el encantador. Era una pieza dulce y tierna de despedida.

El jefe de estación, quieta la bandera, no daba la salida. La máquina pitó impaciente. Pero tuvo que esperar a que el abuelo acabara su adiós musical. Los aplausos cerraron el solo de clarinete.

—Gracias, abuelo. Me alegra que hayas vencido tus prejuicios.

El jefe de estación alzó la bandera, pero a Ramón aún le dio tiempo a preguntar a su abuelo:

—Oye, abuelo, ¿por qué hoy se ha detenido tanto tiempo el tren?

El abuelo miró hacia el jefe de estación y, luego, guiñó un ojo.

—Amigos que tiene uno.

La abuela no dijo nada, sorprendida de encontrarse al cabo de los años casada con un músico. La tía Manuela agitó la mano. Y Paco corrió unos metros tras el tren, gritando:

—¡No olvides enviarme los cromos!

El tren descendía veloz la pendiente, ahora relajado, en plena forma.

Ramón repasaba los recuerdos con deleite, cuando de pronto se acordó de Paciano, su amigo poeta y portero, y de sus añoranzas de pueblo.

—Mamá, tengo muchas cosas que contarle a Paciano.

Por el rostro de su madre se deslizó una sombra de tristeza.

—Tengo que darte una mala noticia, Ramón: Paciano no está ya en casa. De repente se puso muy grave y hubo que internarlo en una clínica. Ni su medicina fue capaz de salvarlo. Ahora descansa para siempre en su pueblo, como anhelaba.

Ramón esbozó una sonrisa amarga y, pensativo, repitió:

—Ni su medicina...

Mientras dos lágrimas florecían en sus ojos y resbalaban por sus mejillas morenas de aires de sierra. Y prendió su mirada en la nada, llena de aflicción y recuerdos del amigo.

Cuando sus ojos volvieron a la realidad, encontró que los tenía fijos, sin tenerlos, en una niña de cabellos de cobre, que esta vez no le sonreía. Parecía que jugaba a hacerse la interesante, estirada y falsamente distraída.

Poco importaba a Ramón en ese instante su coquetería, sin duda aprendida de sentirse princesa de la novedad en algún otro pueblo pequeño de la sierra.

Como no le hacía caso, en seguida la niña se relajó y abandonó su presuntuosa y rígida figura, y se le acercó.

—¡Qué casualidad!, volvemos el mismo día.

Ramón callaba y ella insistió:

—¡Qué casualidad!

—Sí.

—Regreso porque pronto empieza el cole. Este curso iré a uno nuevo porque nos hemos cambiado de barrio. ¿A qué colegio vas tú?

—Al «Jorge Guillén».

—¡Anda, pero si ése es mi nuevo colegio!

—¡Qué casualidad! —dijo Ramón, y sus ojos se iluminaron y una nueva alegría brotó en ellos.

Pitó el tren, contagiado.

—¿Jugamos? —propuso la niña de los cabellos de cobre: la niña de cobre, toda.

—¡*Vale!*

Índice

EL BARCO DE VAPOR

SERIE NARANJA (a partir de 9 años)

EL BARCO DE VAPOR

SERIE ROJA (a partir de 12 años)